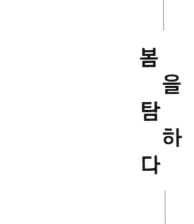

봄을 탐하다

이기자 시집

봄을 탐하다

2018년 5월 28일 제1판 제1쇄 인쇄
2018년 6월 4일 제1판 제1쇄 발행

지은이   이기자
펴낸이   강봉구

펴낸곳   책만소
등록번호   제406-2013-000081호
주소   10880 경기도 파주시 신촌로 21-30(신촌동)
전화   070-4067-8560
팩스   0505-499-8560
홈페이지   http://blog.naver.com/bookmanso
이메일   littlef2010@daum.net

ⓒ 이기자

ISBN 979-11-6035-045-6 03810
값은 뒤표지에 있습니다.

봄을 탐하다

이기자 시집

책마소

아침에 눈 뜨면 살아있는 기념으로 기도하고 명상한다

차이코프스키의 이태리 기상곡을 듣는다

그날 먹을 만큼만 있으면 된다

화나지 않을 만큼 나눈다

그리고 시 한 편 읽는다

시간 나면 마곡사 소나무 숲을 거닌다

연미산을 바라보며 곰나루 강변을 걷는다

동학사 숲을 거닐다 내려올 때 단팥빵을 사먹는다

그냥 행복하다

2018년 봄, 이기자

| 차례 |

제2부

제3부

제4부

제5부

제1부

오십구

살구 향 다 날아간 분홍색 비누 같은
더 닳을까봐 바라보기도 아까운
내 나이 오십구

오래 전 섬에서
손 씻으러 세수간에 들어갔는데
주인이 얼른 따라와 비누를 감추었다
한 달 후에나 새 비누를 구할 수 있다면서

삼십년 후에나 새 몸을 받을 수 있을까
이 몸도 아껴야겠다

부부

대산 바닷가에서 주워온 돌
물고기와 물고기가 입을 마주 대고 있는
문양이 박혀 있다
사람이나 물고기나 입이 열쇠다

자다 말고 갑자기
입을 들이미는 남편에게
아이 똥 냄새 저리 좀 가
남편 얼굴에 바짝 대고
비밀 이야기라도 하면
아이 똥 냄새 저리 좀 가

이 닦고 다시
입을 바짝 대고 잔다
이불 무덤 속에서나
잔디 무덤 속에서나

부부는 입을 바짝 대고 잔다

봄을 탐하다

여럿이 밥을 먹는데
옻순이 나왔다
속 더워지고 회춘한다며 모두 잘 먹는다

겁 많은 나만 구경꾼

다음날 남편 설득에
한 바가지 둘이서 다 먹었다

다음날 새벽
잠결에 긁어 만든 부스럼 자리
한 번 더 자극해 본다
애린 봄날이 전신을 감싼다

내 생애 이렇게 간지런 봄은 첨이다

썬그라스

중년 부인이 장님 남편과 등산 중이다
이끌고 이끌리는 손과 손
걸음과 마음이 엎치락뒤치락
자빠질 뻔하다가
원추리꽃 옆에서
강아지풀처럼 잠깐 쉬는 동안

두 번째 왔다면서
흠흠 산 냄새 맡는
장님의 썬그라스 내면에
웃음 주름 잔뜩 잡혔다
원추리꽃보다 썬그라스 작열!

장님 남편 데리고 등산하는 마음
앞에서
생일 선물 안 사준다고

투덜대던 마음은
고개를 숙인다

갱년기

새로 산 스텐주전자 반짝반짝
감정 끓는 소리조차 아리따웠지

점점
물만 잘 끓으면 되지 하는
뚱한 표정
늘어가는 검버섯은 불만의 표시

장식장의 도자기가 부러운가
보리차 끓어 넘치는
구질구질한 처지가 싫은가
게거품 물며 벌떡 벌떡 대든다

안쪽으로 까맣게 눌어붙은 욕망
부딪힐 때마다 멍든 칙칙한 원망

누군들 빛나고 싶지 않으랴
그래서 우울한 거지
그래서 해답도 있는 거지

철수세미로 닦는다
은은하게 빛이 날 때까지
참회의 철수세미

결단의 문제

영화 '127시간'을 보았다
그가 좁고 험한 골짜기를 따라 걷고 있다
커다란 돌덩이가 갑자기 뛰어내린다
팔뚝 하나 주면 안 잡아먹지
왼쪽 손목이 돌 틈에 끼었다
제발 누군가 지나가길
지진이라도 일어나길
무슨 수가 생기길
그와 내가 조바심 내며
백이십칠 시간이 흐르고
다섯 손가락들은 까맣게 썩는다
그와 내가 함께 올리는 결단의 기도
걷는 자유를 위해 팔뚝 하나 내줍니다
남은 한 손으로 배낭에서 꺼낸
등산용 칼은 무디어 뼈가 끊어지질 않는다
힘껏 힘껏 비벼댄다

뚝 끊어지는 순간
벌떡 일어나
경충경충 걸어나가는 그

나는 골짜기를 못 빠져 나가고
금 안에 있구나
자식들은 다 컸으니
칼 잡은 손에
힘만 주면 되는데

가뭄

벌들이 그러는지
나의 이명인지 잉잉잉잉
목이 타는 날이었다
어머니 일생에 처음인 여행
꼬부라진 몸 올케가 부축하고
장곡사 밑에 왔을 때
개나리 보니 목이 탄다며
올케가 바가지에 떠온 물
맛나게 드셨다
며느리가 떠다준 물이
그렇게 시원하더라고
장곡사에 한 번 더 가자고
딸년보다 며느리가 낫다고 노래를 하셨다
이 봄 어머닌
노란 창포꽃
사는 데 지친 딸년은

가뭄에 바닥이 말라버린 연못

꿈 틀

풀쩍풀쩍 뛰놀던
송장메뚜기가 계곡물에 빠졌다
꿈틀거리고 꿈틀거리고
저 생명의 꿈 틀 속은
살고 싶다로 꽉 차 있으리

저 앞에 배낭 메고 가는 이의
꿈 틀 안엔
만두 속처럼 산이 채워져 있겠지

도토리를 주우며
나의 꿈 틀 안에 채워지는 것은
식구들과 도토리묵 맛나게 먹는 그림

산을 내려가는데
도토리 무게만큼

무릎 관절이 꿈틀한다

저녁 예불

법고각 앞에
주인 따라 온 흰둥이 두 마리
쿵쿵 딱딱 쿵쿵 딱딱
리듬을 타기 시작한다
주인은 기겁하여 지팡이로 내리친다
깜짝 놀란 암캐가 한 발 내딛자
한 발 끌려가는 수캐

많은 사람들 앞에서 씨름을 하였다
북소리 들리고 분위기는 즐거운 듯한데
나는 부끄러워 조바심 내었다
조바심만 내다가 하루를 거의 보냈다

내가 좋아서 하고
남 눈치 안 보는 나이
인생의 저녁이 좋다

그녀 덕분에

그녀는 삼년 위 이웃집 언니였다
콧대 높은 그녀가 고3 때
원두막에서 남자와 잤다느니
산부인과 다녀왔다느니 하는 소문에
집중력 허물어지던
수업 시간들
남자와 등물하며 히히거리는 그녀의
뒤꼍에 들어갔다가 흘깃 보았던
커다란 젖가슴
흥분되고 어지러웠다
사춘기 나의 가슴도 날로 커졌다
도둑 영화 보러 다니는 재미
잡지와 문학 작품 읽는 재미도 배웠다
소문을 오리떼처럼 몰고 다니던 그녀는
트럭 운전수와 결혼하여 고향을 떠났고
내 젖가슴은 잘 발달되어

훗날
아들 키우는데 좋았다

그 말뜻을 알았더라면

활짝 열린 창문에 매혹되었다
아차,
푸른 하늘은 없어졌다
시멘트 천장의 형광등에 부딪혀
벽과 사물함의 좁은 틈으로 처박혔다
쨍쨍거리며 파닥거려 보았다
구해주자는 것일까
할 수 없다는 것일까
가까이 왔다가 사라져 가는
사람들의 말소리 발자국 소리
엄마 곁으로 돌아갈 수 있을까
활짝 열린 창문으로는
들어가지 말라시던
그 말뜻을 이제 알겠다
가까이 다가오는 발자국 소린
밀물처럼 달려오는 희망

멀어지는 발자국 소린

썰물처럼 달아나는 희망

긴 막대기를 밀어 넣어 준 사람께 고맙지만

그걸 타거나 붙잡을 수 없었다

의식은 점점 사그라드는데

사물함이 움직이며 치워지는 것이었다

푸드덕 바닥을 차고 날아오르는

순간

나는 다시 새가 되었다

괴로움

소가 나무 밑에서 뱅뱅 돌고 있다
돌수록 다리 사이에 낀 줄이
생식기를 압박하여 빨갛게 벗겨졌다

아프다 아프다 소리치는 커다란 눈
반대 방향으로 돌아야 압박이 풀릴 텐데
주인은 어디로 갔는지
지나가는 사람도 없다
나도 어쩌지 못하고 지나쳤다

아들과 이러니저러니 입씨름하다가
빨갛게 벗겨진 가슴이 쓰라리다
아픔에 절절 매던
그 소의 커다란 눈이 떠오른다

반대로 돌아야 압박이 풀리는

이치를 소가 알 리 없지

내가 옳다는 고집 뿐
가슴에서 핏방울이 뚝뚝 떨어지는데도
그냥 그렇게 반복할 뿐

그린맨

저수지 근처에 산다는 저 아저씨
학교 근처를 맴돈다
학생들이 부르는 별명은 그린맨
사계절 둥근 챙 모자에 검은 안경
긴 외투에 전지가위를 들고 다닌다
비가 부슬부슬 오는 날
우리는 커피 마시며
운동장에 앉아 풀 뽑고 있는
그를 내다보았다
저 아저씨도 커피 먹고 싶겠다
누가 갖다 드리고 와요
대학 시절엔 수재였다는데
군대에서 맞지만 않았더라면
교장 되었을지도 모르는데
교장보다 그린맨이 더 잘 사는 건지도 몰라요
운동장에 앉아 비 맞을 수 있는 여유

멋지잖아요?

그 때

커피 잔 받아 든 그가 외쳤다

"학생들 패지 말아요"

꽃 이름 대기

두 편으로 나누어
아이들은 꽃 이름 대기에 몰두한다
장미 국화 수선화 매화
서로 안 지려고
벼꽃 보리꽃
콩꽃 팥꽃
상추꽃 쑥갓꽃
질경이 씀바귀 잡풀 하나하나에
꽃을 붙여 들이 댄다
꽃 종류만큼이나 승부욕 많은 아이들
두 편 팽팽한데
한 아이가 소리친다
웃음꽃!

내성적인 아이

쌀자루 근처에서
옴찔거리는 하얀 쌀벌레를 보면
싸르르 배가 아팠다

양은 도시락의 네모진 반찬통엔
깻잎장아찌가 기죽어 있다
각자 반찬통을 챙겨가고 책상 위엔
한 개만 남아 있다
그 옆에 하얀 구더기 한 마리
조금씩 움직인다
빙 둘러선 아이들
저거 누구꺼야
그게 내 것이었음을 알아차리는 순간
아, 배가 싸르르

도시락을 대문 뒤에 놓고 가는

날이 많았다

오십이 넘어서
이제야 고향집 장독대에 봄빛이 환하다
깻잎장아찌에 묻어왔던 구더기가
가볍게 된장단지 위를 날고 있다

애야, 도시락 가져가야지
얼마나 바쁘셨을까

살강 밑의 뱀

검정 빤쓰에 흰색 런닝구
청색 운동모를 쓴 승옥이와 나는
점심시간에 집으로 뛰어왔다
부엌 바닥에 개다리소반 놓고
마주 앉아 이야기에 팔렸다
살강 밑으로 고개 돌리는 순간
또아리 틀고 앉아 혀 낼름거리는
뱀 눈과 딱 맞았다
벌떡 일어나
운동모자로 먹던 밥사발 덮어놓고
뛰어나갔다
어른들 모시고 오니
닭똥 울고 있는 밥상에
밥사발만 씩씩하게 차렷 경례하고 있다

한 어른께서 칭찬하시길

밥사발만 잘 지키면 산다
하는 짓이 이름대로구나

시 농사

모내기 하려고 가둬 놓은 논물에
철물점 이층집 서 있다
가뭄에 논바닥 보이자 사라졌다가
논물 들자 다시 나타난 이층집

바글바글한 사연 찰람찰람 가둬 놓은
내 인생의 무논
마르기 전에 써레질 한다
정돈된 마음 판에
한 줄 한 줄 써나가는 재미
모가 자라듯 마음이 자라는 동안
땡볕이면 어떻고 소나기면 어떠리

논바닥 호미질도 하리라
비료도 듬뿍 주고 농약도 뿌리겠다
시가 익을대로 익어

바닥 가까이 수구릴 때
아예 눕고 싶어 할 때
거두리라

애를 삭이다

한의원에 갔다
양말 벗고 엎드리자 침을 놓는다
침 위에 전깃줄 연결하자 톡톡톡 신호가 온다
찰칵찰칵 피부를 쪼고 부황뜨더니
소독 솜으로 피 닦아내고 물리치료 시작한다

하루에 20내지 30명에게
한달에 480내지 720명에게
일년에 5760내지 8640명에게
십 년, 이십 년, 삼십 년
반복 반복 반복하는 일이겠지

교사 발령받고서 몇 년 못 참고
절로 도망갔었다
아버진 논밭 가는 일 50년 반복하면서
애가 타고, 끊어질 거 같아도

밥 먹는 일 멈출 수 없어 애를 삭였다고
내게 타이르셨다

자음접변 구개음화보다
한 편의 이야기에 입맛 다시는 아이들
이야기가 술술 나오는 선생님 되려고
밤마다 책을 읽었다
창가의 옥수숫대 쳐다보며
연습하였다
연탄 들이는 날이면
언덕 위 자치방엔
제자들 웃는 소리 가득했다

옷에 대한 기억

이십 대 초에
갈매기 무늬가 있는 옷을
즐겨 입었다

교사직 사표내고 떠돌이로 지낼 때
새벽 계곡물은 손이 시렸다
실크블라우스 앞섶이 젖어
불어터진 누룽지밥 같았다
그 위에서도 갈매기는 날고 있었다

재발령 났다는 통지 받고
산에서 내려올 때
연애하러 갈 때
부풀어 넘실대던 바다
내 가슴에서
날아오르고 곤두박질 치던 갈매기들

몇 마리다 몇 마리다
서로 우기던 아이들
수업보다 갈매기에 빠져들던 아이들

요즘 일상

아내의 애인을 만난 사내처럼
현대 주유소 뒤뜰 닭장 안의 수탉은
벼슬 세우고 눈알 굴린다

낮술 한 잔 마시고
사내는 뇌까린다
했어? 안 했어?
한 잔 마시고 또 뇌까린다
했냐? 안 했냐?

닭장 밖의 그 사내 왈
했다 앞으로 한 번 뒤로 한 번
나도
니 마누라를 사랑했다
사랑은 원하는 걸 해주는 거라고
니가 말했잖아

영화 보다가

강낭콩 간 것 한 되
차 안에 놓고 잊은 지 며칠
곰팡이 났겠구나

웬걸
검은 비닐 봉투 안에서
안녕하였다

벼슬 세울 필요 없고 낮술도 필요 없는
강낭콩 같은 일상

제2부

연립주택 이야기(개미들)

수도 계량기 검은 함 뚜껑을 열었다
흰밥 한 숟갈 흩뿌려놓은 듯
윤기 나는 개미 알들
오뉴월 땡볕 피해 여기서 그랬구나
똥구멍이 간질거린다
개미 산모께서 미역국은 먹었는지

잠깐 볼 일 보고 왔더니
한 알도 떨어뜨리지 않고 어딘가로 옮겼다

비상벨이 울리고
얼마나 많은 개미들이 순식간에 몰려들었을까
애가 타는 어미의 호소와 당부가 들린다
발 빠르게 뛰어다니는 아비들의 외침도 들린다
애기 살려 애기 살려

배 안에서 뱃사나이들이 이리저리 옮겨 키운
아이가 그의 세상 배 안에서
피아노를 치며 성장했지
'전설의 피아니스트'영화처럼
수도 계량기 검은 함 속
어딘가에서
어린 개미가 치는 피아노 소리

겨울 호수

겨울의 바이칼 호수는
깊이와 넓이가 어마어마한
얼음 심장이다
억울한 기억이 있는지
그 심장은 가끔 운다
가장 깊은 곳에서 시작하여
거죽 구석까지
금이 가는
울음의 파도타기를 한다

세월호 사건으로 자식이나 가족 잃은
사람들이
온몸으로 우는 소릴 듣는다
심장에 깊이 파인 금을 본다
어디에 대고 호소할 데 없어
촛불 든 주먹만한 심장들

모이고 모여 만든

광장의 심장이

우렁차게 파도타기 하는 것을 본다

평화의 소녀상

소녀가 짓밟힐 때
일본군이 관리하기 좋게 자른
짧은 머리
고통을 참느라 움켜쥔 주먹
버팅긴 뒷꿈치를
보는 순간 울음이 나서
매미와 함께 울었습니다
억울해서 억울해서
어쩌나 어쩌나
멈칫 생각해보고
기막혀 더 따갑게 울었습니다
땅 속으로 들어간 할머니들은
매미가 되어 나왔습니다
70년이 지나도록 기다렸다가
오늘에서야 맘껏 우는
소녀와 매미와 나

물 길어 오는 여인

지평선에 길게 흔들리는
가느다란 다리는 사슴 같다
물 한 동이 길러 갔다 오는데
하루가 저물었다
하얀 이를 드러내며 씨익 웃었을까
오늘도 살아 있어 감사하다고
한 송이 마가렛처럼 웃었을까
한 동이의 물이면 족하다고

거꾸로 들고 있던 바가지
바로 드는데 40년
긴 해가 저물었다
한 바가지 물을 받아 들고
씨익 웃는 나
한 송이 마가렛처럼 가볍다

개울의 자부심

낮에는 잘 들리지 않던 나의 숨소리가 밤에는 또렷이 들
린다
여러 가지 우주의 숨소리 중 가장 듣기 좋은 소리다

윗집 농부가 농기구의 흙을 닦을 때나
장마철 한밤중에 한 통씩 똥을 붓고 갈 때 말고는
대부분 깨끗하고 반짝거리는 옷을 입는다
참을성 있게 기다리면 어김없이 깨끗해진다

내 곁으로 지나가는 사람들이 한 마디씩 하는 말
'참 맑기도 하지 하늘이 저기에도 있네'
'물은 낮은 곳으로 흘러 모든 식물의 뿌리에 닿지'
듣기 좋다

잠시 머무르든지 걷든지 뛰어가든지 뛰어내리든지
거침없는 나의 삶이 좋다

개구장이들이 우르르 뛰어 들어와
함부로 간섭할 때가 있다
그땐
이리저리 날뛰며 반항한다
가장 나다운 모습이다

비 오는 날 요가

직업병인지
어깨에 힘주는 버릇이 있어요
눈빛 목소리 창자도 긴장하여
똥도 딱딱하답니다

다 늙어
호흡으로 힘 빼는 법 알았지요

팔 다리 목 허리 관절 마디마디
늘리고 비틀고 하는
사이사이
힘을 뺍니다
욕심을 뺍니다

고달픔과 기쁨이 섞여야
지루하지 않잖아요

어려운 동작 다음엔
자궁속 아기 자세로 휴식합니다

호흡에 집중하는 사이
깊은 수렁으로 혼곤히 빠져듭니다
그 곳에 내리는 빗소리

빗소리의 아득함

스승

인도 성지 순례 여행지에서
새벽 4시 30분
깜깜한 어둠 속에 우리 150명 일행은
숙소를 빠져나가고 있었다
차창 밖을 내다보았다
누군가 손을 흔들며 서 있었다
그 분은 딴 쪽으로 일정이 잡혀
함께 이동하지 못하는 심정에
제자들 하나 하나를 향해
손을 흔들고 있었다

절 마당

여름 한낮
하대웅전* 마당은
활짝 핀 하얀 꽃이다

마당가 돌틈에서 기어나온
뱀이 고개 쳐들며
사방을 두리번거릴 때
꽃술은 완성된다
향기 대신 고요

이 때
회색 나비 한 마리
흰색 고무신 타고
꽃 위를 가로지른다

* 하대웅전 : 청양 장곡사는 상대웅전과 하대웅전이 있음

트라우마

바위 밑에서 똥을 누었네
등산객이 보고 침 뱉을세라 낙엽으로 덮었네
낙엽인 줄 알고 밟을세라 낙엽을 헤쳐 놓았네
고봉밥 모양 알몸이 민망해
막대기로 밀었더니
낙엽에 돌돌 말려 벼랑으로 떨어지네
그래 잘 가
복수초에게 가 있다가
새봄에 노랗게 만나

마음 밑에 웅크리고 있던
미움 한 덩이
차분한 목소리로 덮어놓고
괜찮은 척 했네
열어 제켜라
속삭이는 인도 명상 음악은 슬프네

바위 밑에 앉아 엉엉 울었네
복수초 한 송이 눈에 들어오네

해탈지견향

그 어려운 말 곰곰 생각하며
장마 끝
산골짜기에 왔다

아무데나 주저앉아 함께 소곤거리다
웃다 울다
우르릉 떨쳐
뛰어내리는 맹물들이
풍기는 향기
흠흠 코 벌름거리며 맡는
이끼들

굴러온 돌에 눌려
몇 가닥만 내민
풀의 머리칼을 쓰다듬는
물의 손길

그 향기에 새파랗게 살이 오른

이끼들

그 어려운 해탈지견향을

계곡물이 올리고 있었다

제3부

수선화가 인정한 공정한 거래

순이 할매 말이유
오늘 마늘 못 까유
저녁 잘 먹구 아침에 죽었다네유
내 돈 꿔 준 거 어쩐댜
난 갚을 돈 있는디
그 돈 날 줘
그라믄 되건네 잉

엉겁결에 습관대로 마늘 까러 나왔던
순이 할매 혼이
알뿌리채 팔려 갈 수선화 꽃잎에 앉았다가
그렇지 그렇지
노랗게 *끄덕끄덕*

나팔꽃

산기슭 약수터 산보하다
오, 보랏빛
그녀와 눈맞은 순간

보쌈 해오듯 데려와 함께 살았네
몸살 앓이 끝에 간신히 살아난 그녀
아파트로 이사 올 땐 트럭 구석에서 졸았지
겨우 겨우 견디어낸 얼굴
처음 한 송이 웃었을 때
그 아뜩함이여
아침마다 두 송이 세 송이 웃음소리 커지고
보랏빛 사투리로 묻는 말
오늘 뭐행

기다려지는 아침

꽈리나무

안면도 해변길
소나무 숲에서 캐온
다섯 그루 꽈리나무
그녀들의 허리가 점점 서쪽으로 굽는다

무언가 불러들이는 듯한 몸짓
그 속으로 들어와
놀다가는 것들은
해변의 파도
노을빛
솔향기
발등을 간지리던 모래

그리움이구나
주황색 꽈리알은

내 맘대로 이주시켜서 미안하다

꽃다지

건물 모퉁이 딱딱한 땅에서 혼자
흔들리는 꽃다지
추운지 찔끔거린다
눈물도 노랗다
모종삽으로 폭 떠서 옮겨 주었다
저희들끼리 바짝 붙어서
머리 비비며 종알거린다
획 불어오는 바람에 다같이 휘었다가
다같이 일어나며
배꼽잡고 웃는다

백일홍

나는 수원지에서 죽었다
이러저러한 인연으로
연립주택 물탱크에 머물렀다
어느 여름
수도관을 타고 출장가게 되었다

301호 베란다에서
임무 수행하게 되었다

백일홍
너를 본 순간
너의 뿌리와 줄기와
잎 속으로 들어가
살아보고 싶었다

네가 목말라 애타는 걸 보고

기뻤다

너는 기꺼이 나를 빨아들이고
나는 네가 되었다

무우 싹

기숙이네 아랫집에 살 때
그 집 동치미와 고구마로 점심을 때웠다
온 식구들 둘러앉아 맥고모자 꿰매는 방안
비료 푸대에선 무우들도 도란도란 싹을 내밀었다

시멘트 벽돌 거실이라는 커다란 푸대에 담긴
책 읽는 조카들 중년의 형제들
시집와서 삼십 삼년 지나고 명절날 모인
도란도란 검은 싹

마른 꽃잎의 노래

싱그럽던 아카시아꽃
마른 꽃잎 되어 날리네
단내 빠져버린 쪼그라진 잎들 구석으로 몰리네
고혈압 당뇨 치매로 입원하셨던 73세 옥자님
셋째 딸이 명상센터에 모시고 왔네
새벽 풍욕, 요가, 맛사지, 산보, 사우나하는
사이사이 깔깔깔
옥자님, 오후에 영화 본대요
벼름빡에서 그림 나오는 거 그거 본다?
옥자님은 보면 볼수록 매력이 넘쳐요
남자가 보면 가만 놔두지 않것지?
숲속 명상 중 노래 부를 사람 뽑는데
예전에 노래자랑 상 타셨다는 옥자님 추천이오
뻥이여, 상은 무신
46세에 혼자되어 오남매 키우며
부엌에서 불렀다던 '여자의 일생'을 부르시네

가사 정확하고 목소리 탄력있네

치매 처방은 누가 했을까

꽃은 시들었어도

화 ~ 아한 칠십년 인생 향기

가위눌리다

에티오피아 수리족 부인들은 아랫입술을 뚫어
아발레*를 끼운다
아발레 크기가 클수록 아름답다고 생각하며
아름다울수록 신랑의 지참금은 올라간다

남보다 커다란 아발레를 낀 여인이
자랑스럽게 웃고 있다
바라보는 것만으로
내 입술이 늘어지는 듯 아프다

그날 밤 꿈에
갸름한 턱에 입술 뒤집어진
미인이 되고 싶어
나는 성형수술 중이다
마취에서 못 깨어나 식물인간 될 거 같다는
간호사들의 속삭임에

아, 아 아
몸부림치다
깨어났다

* 아발레 : 아프리카 수리족 여인의 장신구.

구리

빈 병 몇 개 가지고 고물상에 갔다
고물들 중에 구리가 가장 비싸다

사랑채에 세 살던 천석이 아버지는 한전 기사였다
전기 공사하다 슬쩍해온 구리 쪼가리들 팔아
돈 좀 만든 날은
애교쟁이 작은마누라를 불러내었다
단칸방에서 내외만 이불 덮고
조강지처의 두 딸과 천석이는 이불 없이
부엌에서 자는 날이 많았다
소아마비로 다리를 저는 천석이는 지청구에 시달려
비쩍 마르고 말을 더듬곤 했다
'명랑' 중독자인 천석이 새엄마
그 애교쟁이는 이웃 사람 옷 빌려 입고
돈 얼마씩 꿔 가지고 도망갔다

저런 쓰레기들이 있나
시퍼렇게 비난하던 나도 이제 녹이 슨다
어딘가에서 명랑하게 잘 늙었을까 그 여우
구리처럼 값나가는 고물이 되었으면 좋으련만
우연히 만나면 내가 먼저 반가울 거 같다

손자 자랑

감나무집 키 작은 아들
공고 졸업하고 농사지으며 산다
방위 받을 때 서로 눈맞아
어린 며느리가 손자 낳아
오십 일 되었다고 자랑한다
강보에 싸인 아기 눈꼬리가 쪽 째졌다
아빠 보단 야무지게 생겼네 그려
오이 농사만으론 아이 키우기 어렵다고
아들이 카센터 차려달라네요
지 새끼 눈빛이 예사롭지 않다나요
한 삼 년 기다려보라 했지요
며느리와 보리밥집이라도 해보려고요
애야, 애기 젖 줘라
출렁출렁 불어난 젖퉁이를 헤집는 며느리
눈꼬리가 쪽 째졌다
감나무집 손자 작은 쌍방울에

야무진 감씨 들었겠다
먼 후일
카센터 옆 보리밥집 마당에
감나무 그늘 널찍하리라

환풍기녀

부엌 환풍기는 종일 돌아갔다
저녁에 돌아와서
아차 생각났다

어떤 냄새나 연기를 내보내기만 하면 된다는
계약을 지킬 줄만 알았지
멈추고 싶을 때 멈추지 못하는
수동적 운명 환풍기녀가
씩씩거린다

렌지 위 국물 자국은 하얀 꽃
아침에 헤어질 때
엄마 품에 매달리다 떨어진
아가의 눈물 마른 자국 같다

아가의 눈물 멈추게 할 의지

휴직할 의지가 없는 나는
환풍기녀였다

눈물 꽃봉오리 터트리던
아들에게 미안하다

제4부

봄 눈

눈이 내립니다
큰소나무에서 녹아내리는 물이
떡갈나무 마른 어깨를 토닥이다
밭고랑으로 내려앉곤 하네요
마른 눈꺼풀 깜박이다 젖어드는
흙이 내는 소리 친근한 소리

초등학교만 나온 큰형이
동생 대학 가르치느라
농방(가구점)에서 땀 흘릴 때
나는 닭 모이 주며 조카들과 놀았어요
큰형이 월급 받아 사온
오징어를 씹는 저녁
모처럼 수다스럽던 식구들처럼
마른 흙이 내는 소리

비탈 밭 둑

개불알꽃에 묻은 봄눈

큰형 속눈썹 같은 햇살이 핥아주고

겨울 한때

호박김치를 삭은 뚝배기에 담는다
화로에서 합죽합죽 끓을 때 어머니는
할아버지께 술 한 잔 드리기도 전에
국물 한 숟갈 떠먹는다 맛보는 체
햇볕 잘 드는 툇마루에서

살얼음 낀 호박김치에 쌀뜨물 넣는다
화로에서 합죽합죽 끓을 때
안방에 모여든 식구들
머리 맞대고 놋숟가락 들이민다
그 때 방구석을 가리키며
저기 쥐! 쥐!
내 시선을 돌려놓던 오빠
밖엔 눈보라치는 날

편의점 스타

조군아, 돈 벌기 힘들지?
두 뺨이 벌겋게 부어올랐구나
돈 세던 손으로 만져서
돈독 올랐어요

온수통 옆 컵라면 코너는
조군에게도 추억의 장소러니
닭기름과 조미료가 혼합된 붉은 국물이
외톨이 영혼을 적셔주곤 했으리라
저 밑바닥 수평선에서 붉은 해가
고개 내밀다 스러지고 스러지고

담배 한 갑 계산하고
손님은 침묵 한 덩이까지
덤으로 안고 나간다

읍사무소 앞 골목
쌩쌩 불던 바람 어디로 떠났는지
확실히 봄이 오긴 왔다
G.S 편의점 유니폼이
어울리는 조군

G.S(골드스타) 오빠! 오빠!
재잘거리는 여학생들 사이에서
씽긋한다
대인 공포증 그늘이
확실히 옅어진 조군

마지막 대화

군대에선 탈영
술만 먹으면 깽판
그 날
형보다 땅을 적게 주었다고
발길 끊었던 셋째 오빠를
올케가 억지로 끌어왔다
두툼한 손을 어머니 손에 쥐어드렸다
헐떡헐떡 눈물만 흘리시던 어머니
순간
숨소리 멈추고
하얗게 홉뜬 눈자위를
오빠 손으로 쓸어내려 감겨드렸다

모전여전 습성

보오얗게 잘 말린 무말랭이
한 봉다리

여름 다 가도록
아껴 두었다
자동차 구석에 숨겨 놓은 오백만 원처럼

반찬은 떨어져
시장끼 도는 오후
그 봉다리 열어보았다
살갗은 다 파먹고
섬유질 그물에 간당간당 흔들리는
무말랭이 가루들

고요히 잠자는 오백만 원도
저렇게 십 원짜리 가루 되겠구나

어머니 가신 후
장롱 밑에서 나온 팔십만 원처럼

바느질

내 가슴을 여미고 있던 단추가
바쁜 틈을 타 튕겨나간다
저 놈 잡아라
금방 이리 갔는데 찾지 못하고
벌어진 가슴만 헐떡거린다
단춧구멍에 바늘 끝을 조준하고 들이밀어
지그시 당긴다
화내지 말자
매듭짓는 다짐
착 달라붙어 뗄 수 없을 듯하나
시간이 흐르면
벗어날 궁리로 대롱거리는 자식
앞자락에 달고 다닐 게 아니다
찔린 손가락이 운다
예전에 등잔불 앞에서 밤늦도록
바느질 하시던 어머니도

다짐할 게 많으셨던 거다

머위

머위 쌈 잘강잘강
씹을수록 살아나는
씁쓸하지만 끌리는 향
시집살이 뜨건 물에 삶아진
시어머님 삶의 향이다

임신 중에도
아궁이 앞에서 쓴 음식만 먹었다
영양실조로 다 죽어가던 어느 날
논두렁에 버린 개의 시체
좀 상했지만 밤중에 몰래
이웃집에 가서 끓여 먹고 나니
눈이 번해졌다 그 힘으로
아들을 낳았는데 머리털이 하나도 없더라
첫애는 딸이었는데 약도 못 써 보고 잃었다
둘째부터는 잘 키우려 애썼다

애들은 모두 착하게 잘 컸다

삶의 거죽은 질기고 쓰다
속은 삭혀져서
쌉살한 향이 은근히 당긴다

어머니의 추억

빨랜 이슬 내리기 전 뻣뻣할 때 걷어야 좋고
사람 감정은 누굴누굴해야 좋은 거

저녁 이슬 내릴 쯤 논둑을 걸으며
조근조근 이야기 하면
황소 뿔같은 너의 아버지 고집도
누굴누굴해졌지

우물가에서 쌀이며 야채 씻던 아낙들
화해할 일 있으면
저녁 마당 모깃불 곁으로 모였지
히히덕거리며 오해는 연기따라 사라졌지

빚을 얻으려면
일부러 어깨를 나란히 하고 앉았지
별빛 보며 조근조근 이야길 꺼내면

너글너글 도와주곤 했지

팥죽

헛바닥이 깔깔한 날
재래시장 구석에 쭈그리고 앉는다

어릴 때
팥죽 대접을 싹싹 핥아먹곤 했는데
외할머닌 그런 나를 흐뭇하게 바라보곤 하셨다

동남아인 청년이 곁에서 팥죽을 먹고 있다
한 끼 식사를 하고 있을 뿐
팥죽은 그를
그는 팥죽을 모르리라

흐린 날
추억 한 대접 만나면
뜨끈해지는 혀와 창자의 느낌을
외할머니 팥죽색 입에서 술술 나오던

이야기처럼 배트름한 이 맛을

뱅뱅 청바지

나이키 운동화 세대는 모르리라

우란분절에

흙담 위에서 기웃거리던 닭이
우리집 안으로 내려앉았다
얼른 질그릇 속에 넣고 뚜껑을 눌러 놓았다가
어머닌 국을 끓여 자식들에게 먹였다
뒤꼍에서 소꿉놀이 하던 내가 본 장면을
윗집 식구들이 물어볼까봐
한동안 밖에 못 나갔다

중년에 공자를 만났다
자식이 아비의 범죄를 숨기고
아비가 자식의 범죄를 숨기는 게 천륜이란다
순임금은 범죄자인 아비를 업고 도망쳤단다

회갑지나 부처님을 만났다
자식들 키우며 어쩔 수 없이 지었던 죄로
거꾸로 매달린 영혼을

바로 해드릴 수 있는 날이 우란분절이란다

 어머님을 위해 다행이라 여겼다
아니, 내 맘 편해지려는 이기심이었다

친정에서

올케 시집 올 때
진홍빛 손톱 보기 좋았다

칠순의 그녀
소나무 뿌리같은 손톱에서
아버지의 똥 묻은 속곳 보인다
소들이 좋아하던 여물 냄새 난다
겨울밤 이불 들쓰고 앉아 노곤히 들던
보리알만한 이가 탁탁 터지던 소리 들린다

가려운 등 벅벅 긁어 줄 때
어깻죽지에서 등 쪽으로 내리긋던
그 고소하고 아릿한 손톱의 혼
간지럼나무는 늘 간지럼 타듯
친정에 갈 때면 등이 가렵다

손자들 보여주려고 토끼까지 기르더니
과연 손자들과 토끼 등을 쓰다듬는
그녀 손톱이 허옇게 웃는다

해삼의 생태

해삼의 생태에 대한 동영상을 보고 있다
해삼은 옮겨 다니지 않고 자리를 지킨다
마음은
올케의 삶에 대한 동영상을 보고 있다
그녀는 시집 와서 지금까지 그 집에서만 산다
친척들이 들랑날랑
문간방에서 여러 날 살다가기도 한다
사촌들은 들어오자마자 배고파요
손자들은 업어 줘요
시동생은 쌀 줘요 시누는 김치 줘요
동기간들 궂은 일 생길 때마다
제 살 먹이는 그녀
손등이며 얼굴 살갗이 우툴두툴한 해삼이다
해삼도 화가 나면 무섭다
시어머니 잔소리에 밥상을 집어 던진 적 있다
두 동강난 접시를 집어 들고

도마 위에 눈물을 쏟았다

그런 때 우리 오남매는 납작 엎드려 속으로 운다

물이 많은 해삼은 주변을 적신다

오늘도 퇴원한 시동생에게 우족을 끓여가는

아리송한 이야기

개구리 울음소리 자욱한 밤
어머니께 들은 이야기 떠오르네

비닐하우스집 며느리가 초저녁부터
아기에게 젖을 물린 채 골아떨어졌네
아기도 젖꼭지를 놓친 채 잠들었네
젖은 뚝 뚝 떨어지는데
그 사이로 끼어든 구렁이 한 마리
개구리 울음은 아니고
이상한 소리에
마루로 나온 시어머니
안마당에 펼쳐진 광경 보고
터져 나오는 비명 꽉 깨물었네
가만히 토방으로 내려갔네
폴짝거리는 개구리 낚아채어
휙 던졌네

그걸 척 받아 문 구렁이
울타리 밑으로 스르르 사라졌네
애야, 방에 들어가 자거라
시치미 뚝 뗀 시어머니
아무것도 모르는 며느리는
그 후 일에 묻혀 살았네
먼저 간 남편 생각할 겨를 없이
저녁마다 골아떨어졌네
구렁인 그 후 가끔 다녀갔네

개구리 울음 소리 잦아들고
아버지 생각에 잠기네

쇠똥구리

머리를 땅에 박고 뒷발로
쇠똥 공을 밀고 가서 암컷에게 구애한
쇠똥구리 수컷은 보금자리 바깥 벽을
빈틈없이 땅으로 도배한다
알에서 깨어난 애벌레는 아비 땅을
야금야금 먹으며 성충이 된다

아버지는 쌀 한 말 메고 가서
어머니한테 청혼하셨다
움막집에서 큰오빠가 태어난 후
적삼과 신발에 밴 아버지 땀내를
우리 오남매는 달게 나눠 먹었다

우마차로 짐 실어 나르는 아버지가
손바닥을 내 코에 대어주며
쇠똥 냄새 구수하지야

땡볕처럼 웃곤 하셨다

주막거리 우진네 술집에서 한잔 걸치신 날은
노래 소리가 먼저 마당으로 들어섰다
우르르 달려나간 오빠들이 소를 끌어들이며
덩달아 흥얼거렸다
그런 날은
딱딱하게 굳은 숨통들이 뚫리곤 했다
우리의 터전은 그런대로 비옥했다

염소

하얀 염소를 보면
할아버지가 생각난다

저녁 때면 안마당에서 젖을 짰다
할아버지는 앞에서 뿔 잡고 앉아
자기 수염 닮은 염소의 수염을 바라보셨고
오빠는 손가락으로 젖을 훑어내렸다
짜라락 짜라락
넓은 양재기에 내리꽂히던 하얀 줄을
할아버지가 천천히 마시고는
손에 두 번 감을 만큼 남겨서
내게 넘기곤 하셨다
목구멍으로 흘러내려가던 하얀 길의 촉감이 따뜻하였다

오십 년도 더 지나
할아버지가 사시던 방에서 태어난

아기 염소가 어미젖을 빨고 있다
하얗고 따뜻한 길
은하수를 자꾸 삼키고 있다

안택(安宅)

가을걷이 끝나고 된서리 내리면
어머닌 시름시름 앓았다
아버진 황토를 퍼 와
대문 앞 양쪽으로 세 군데씩 놓았다
붉은 팥 켜켜이 얹어 시루떡을 쪘다
덩더꺼라 덩더꺼라 덩덩덩
부엌에서 이미 경 읽기는 시작되었다
무슨 대감 무슨 대신 중얼중얼하다가
갑자기 놋 양푼을 후려치면
부엌 바닥에 앉아 구경하던 아줌니들
확- 달아오르던 눈빛
부뚜막 구석 신장대도 바르르 떨었다
시루떡을 잘라 나누며
얼굴은 늙어빠진 꼬마 아줌마에게
키 크는 떡이니 많이 먹어유
까르르 까르르

출렁거리던 등잔불빛

마른 잎 바스락거리는 신장대 들고
안방을 돌아다니며
조강지처의 신 성주님이시여
이 가정의 어머니를 보호하소서
귀신이 있다면 물리치소서
귀청 나가도록 두드려대는
꽹과리 소리에
온 동네 귀신들 부랴부랴 떠나가던 가을밤

제5부

러시아 여행

바이칼 지나는 길에 들른
마을 뒷간은 사면이 자작나무다
오물이 발판까지 산처럼 쌓여 있다
뜨거운 오줌발이
영하 38도의 똥무덤을 뚫을 때
내가 세상의 봄인 것을 알았다

넓은 들을 지날 때는
아무데나 앉아 볼 일 본다
영하 38도의 칼바람이
엉덩이를 할퀸다
자연 화장실의 인테리어는 주황색 노을
뜨거운 오줌발이 녹여준 땅
저 머나먼 안쪽에서
자작나무 한 그루 싹 튼다

징기스칸의 고향 헨티아이막에서

오논강의 낮은 숨소리에 깨어난 마부가

밟고 가는 풀밭에

일렁이는 허브향

수박 속처럼 붉게 파인 말 엉덩이는

초원교도 까마귀 떼의 경전

한 말씀 한 말씀 콕 콕 쪼아

시뻘건 축복

한 점씩 물고 있네

징키스칸의 수염 어루만지던 바람은

내 귀에 대고 속삭이네

말 시체

풀꽃 한 송이

모두 초원의 기쁨이라고

몽골 이름

1
우리 모둠은 남자들 게르에 모였다
장작 난로에 불 피워주고 가는
몽골 아가씨 얼굴은 분홍빛이다
바에를라 바에를라
정겹게 외치는 솔롱고스* 총각

바에를라?
아가씨 이름이 참 예쁘네
호호호 하하하
감사합니다가 뭐가 예뻐요

2
헨티아이막을 떠나던 날
노처녀 한 분이 중얼거린다
우리 게르에 불피워주는

부에가 손을 다쳤어요
착한 그 애를 못 만나고 떠나네요
다행히 사진 한 장 있네요
참하고 예쁘장한 처녀려니…
아니, 씨익 웃고 있는 부에는
야생 청년

* 솔롱고스 : 가고 싶은 희망의 나라라는, 몽골인들이 한국을 가리
키는 말.

검정 빤쓰

헨티아이막*의 오논강 건너가다
시동 꺼진 푸르공* 안에는
여덟 명의 초조한 눈빛

검정색 빤쓰 하나 걸친
몽골 원주민 기사 양반
밧줄 메고 강으로 들어간다
한 가닥을 잡아매고 돌아서서
싱긋 날리는 미소
불끈 솟은 남근 한 덩이
지켜보던 구경군들
얼굴에 번지는
분홍빛 안도감

* 헨티아이막 : 칭기스칸의 고향
* 푸르공 : 러시아의 옛날 택시

능암 온천에서

일요일의 탄산수 온천

북적거리는 시골 장날 분위기

질펀하게 앉아 쉬엄쉬엄

옷 벗는 아주머니들 곁에서

나도 늙은 척 한다

원탕은 모내기철 논물처럼 흙탕물

차가워 깜짝 놀라니

능암 토박이 아주머니 합죽 웃는다

나도 괜스레 따라 웃는다

탄산수 받아먹고 와서

호들갑떨며 진짜 사이다 맛이네요

진짜구 말구우

절구통 허리통끼리 괜스레 친해진다

어디서 오셨남유

대전서 왔어요

그 먼 디서 뭣 주서먹으러 왔남유

탄산수 맛보러 왔지요

고수

쌍계사에서 며칠 머물 때의 일이다
고산스님의 북치는 모습에 넋이 나갔다
표정이나 말씨의 자연스러운 기운이
흘러가는 강물이었다
나도 저렇게 시를 써야지 하면서 하산하였다

어제 송창식이 노래하는 모습을 보았다
한 발로 박자를 맞추며 기타를 뜯었다
지그시 눈감고 '담뱃가게 아가씨'를 부를 땐
넋이 길게 길게 풀어져
TV 속 그의 발 앞에 널브러져 있었다
나도 이렇게 시를 즐겨야지

간월도 갈매기들

작은 배를 선착장에 나란히 잇대어 차린
식당들* 중에
부광호에 들은 손님은 나 혼자 뿐
이 집 장사 안 되는 걸
손님이 더 조바심 내는 게 이상한가
늙은 아줌마는 갈매기처럼 갸우뚱 갸우뚱

며칠 후
그 집에 가보니
손님이 많이 들었다
옆 집 지민네는 아무도 없다
그 젊은 아줌마 생긋 웃으며
언니, 오늘 참 덥네유
갈매기들끼리 키득키득

막히는 데에서 뚫리고

뚫리는 데에서 막히는 이치를
장사하는 사람들은 이미 터득했는가
작은 배 식당 위를 날아다니는
갈매기의 여유로움
아줌니들한테 배운 한 수인 듯

오랜 습관인 조바심을
탁 깨뜨리는 웃음소리
끼룩 끼룩 키득키득

* 2010년 간월도 선착장 모습

단식 여행
- 해남의 어느 초등학교 폐교장에서 -

저녁은 물 한 잔
무작정 걸어다녔네
달빛 수건 두르고
호수를 들여다보았네
은거울 속엔 네 명이 웃고 있었네
지나간 시간 속으로 떠가는 뗏목 위에서
수건은 밤이슬에 젖고
은거울은 주름 하나 없이 고요하였네

벼가 무릎까지 자란 논 사잇길로 걸었네
마을을 지나가네
오늘을 싣고 떠가는 뗏목에 앉아
어르신들은 옥수수 먹으며 도란거렸네
순이네 돼지 새끼 낳았다며
여덟 마린가 그렇다지 아마
뗏목 따라 가고 있는 달빛

아침이 되자 안개가 자욱했네
물 한 잔 먹고 아무 것도 하지 않는 자유

종일 잠만 자냐고
악 쓰는 매미를 무시하는 기쁨

며칠
문 닫아버린 혀

파도처럼 바람처럼

마라도 원조 짜장면집에서
우리 일행 스물한 그릇 중
한 그릇만 오도카니 식어 있다
그 아줌마 길을 잃었나봐
남편이 찾아봐야 하는 거 아냐

이까짓 작은 섬에서 길을 잃을까보냐
섬 안을 이리저리 파도타기하며
오던 길로 돌아가는 그 부인
핸드폰은 죽어도 먼저 안 쳐

남편은 짜장면발 씩씩 씹으며
죽으면 죽었지 먼저 찾아 나서지 않아

마라도에선
부부싸움을 해도 저 파도처럼

고집의 리듬을 타는가

정수리에 쾌속선을 이고 춤추는 바람은
리듬 타는 사람들과 배짱이 맞아
호오이– 호오이–

싸우던 부부도 함께 붙들고
호오이–

어떤 놀이

작은 섬
가두리 양식장에서 우리 일행은
다짜고짜 쇼를 보게 되었다
주인 사내는
살과 껍질 사이에 칼날을 깊숙이 들이밀어
분리시킨 후 소주를 뿌렸다
깜짝 놀란 전복 살이
껍질 밖으로 뛰어내릴 듯하다가
구경꾼들이 박수치자
꿈틀꿈틀 돈다
쇼가 끝나자
전복은 몇 등분되어
구경꾼들 입 속에서 녹았다

어릴 때
풍뎅이 손발 떼고 뒤집어 놓은 뒤

손바닥으로 바닥을 두드리며
장구처라 북처라 장구처라 북처라 하면
진짜 팽글팽글 돌았다

말 못하는 전복아 풍뎅아 미안해

길을 잃어보니

혼자 등산 중이었어
어떤 생각에 잠겨 능선을 넘었어
돌아오다 보니 아까 왔던 길이 아니야

골짜기를 따라 가는데
칡덩굴이 엉켜 있어
사람 안 다닌 지 오래인 듯
이리저리 헤매이다 배낭을 뒤졌지
핸드폰이 없는 거야

해는 뉘엿뉘엿
사람 살려요 살려요~ 살려요~
아무도 없어

여기서 밤을 새우려면 추울 텐데 얼어죽기야 하겠어
멧돼지는 가만히 있으면 해치진 않는다지

불량한 남자가 나타나 협박하면
지금 생리 중이니 담에 꼭 허락하겠노라고
착한 척 해야지
어차피 여기서 지새울 바에
저기 보이는 능선까지 되올라가 보자

있는 힘 다해 기어서 올라갔어
저기 저게 그러니까
그 길?
아이 고오

물레방아 식당에서

덤으로 나온 동치미 국물
국민학교 동창 만난 것 같다
어머니 내 편 드실 때처럼 녹두부침개 고소하다
밤막걸리 한 잔 디밀며
술 드실 것 같은 인상인디유
웃음이 터져나온다
같은 소리 같은 물만 돌리는
물레방아와는 딴 판인 주인 아저씨
혹시
어릴 때 예산 살았던 적 있으시죠
없어유
성함이 혹시 김철수?
아닌디유
올챙이 잡아주던 그 애 닮은 아저씨
담부턴 혼자 오지 말고 누구랑 같이 오세유
그럼 막걸리 또 주실거쥬?

그러믄유 그래야쥬
시원한 대답 한 마디 동치미 국물 같다

지하철은 달린다

바이칼 호수의 작은 새우 에피슈라는
물 속으로 내려가며
나쁜 미생물 세 마리 잡아먹고
올라오며 좋은 미생물 한 마리 토해낸다
여러 샛강에서 들어온 찌든 것들 정화한다

저녁 6시쯤 지하철 안
여러 갈래에서 흘러들어온 사람들
종일 흘린 감정들 발효되는
머리 냄새
문이 열릴 때마다 내리고 타고
인생 역은 내리기만도 아니고
타기만도 아니어서 다행
새로 탄 사람이 데리고 들어온
어린 아이는 한 마리의 에피슈라
종알종알 재롱떠는 소리

지하철은 달린다
달리는 호수가 내는
출렁,
철그덕 철그덕 철그덕

| 추천의 글 |

　이기자 시인은 국어를 가르치던 중학교 선생님이었다. 제자들에게 시를 읽어주고 시를 배우려 청양문학에서 꾸준히 시를 쓰던 시인이다. 그의 시에는 꾸밈이 없다. 교사라는 지위에서 올 법도 한 허세나 가식이 보이지 않는다. 늘 배우는 자세에서 시를 쓴다. 가족들에 대한 진한 사랑이 샘솟고 때론 지나치게 솔직해서 당황스럽기까지한 소녀다. 이제는 퇴직을 하고 늘 가슴에 간직했던 불교에 심취하여 부처님의 가르침을 전하는 일을 한다.

그 어려운 말 곰곰 생각하며 / 장마 끝 / 산골짜기에 왔다

아무데나 주저앉아 함께 소곤거리다 / 웃다 울다 / 우르릉 떨쳐 / 뛰어내리는 맹물들이 / 풍기는 향기 / 흠흠 코 벌름거리며 맡는 / 이끼들

굴러온 돌에 눌려 / 몇 가닥만 내민 / 풀의 머리칼을 쓰다듬는 / 물의 손길 / 그 향기에 새파랗게 살이 오른 / 이끼들

그 어려운 해탈지견향을 / 계곡물이 올리고 있었다

-「해탈지견향」 전문

이제는 돌아와 거울 앞에 선 우리들의 누이다.

- 김기상(시인, 비무장지대 동인)

57세에 명퇴하였다
아침마다 출근하느라 바쁘고 긴장하던 의식이
한여름 엿가락처럼 느긋해졌다
한 3년간은 그물에 걸리지 않는 바람처럼 자유로웠다
종횡무진 돌아다니며 보고 듣는 것 모두 시로 써 보려 했다
평화의 소녀상을 처음 보고 경악했던 것도 그 무렵이다
시 한 편 쓰고 고치고 하다 보면 오전은 금방 지나갔다
전에 써 놓은 시 읽어 보고 고치고 하다 보면 또 하루가 갔다
이러는 모든 과정이 즐거움이요 사는 기쁨이었다

그 후 한 3년간 시는 까마득 잊고 지냈다
부처님 법에 심취하여 시간 가는 줄 모르고 지냈다
어느 날 전에 써 놓은 시를 읽어 보니 그런대로 재미났다
한 권으로 엮어서
받기만 해서 미안했던 글쟁이들께 선물로 드리고 싶었다

"시장 여기저기 돌아다니며 식재료 세심하게 고른다. 정성
을 다해 요리를 만든다. 데코레이션 올린다. 식탁에 멋지
게 차린다. 맛나게 먹는다. 행복함을 느낀다. 온몸은 작용
하여 소화 흡수하느라 애쓴다. 그리고 똥으로 나간다. 똥
눈 뒤엔 뒤도 돌아보지 않고 간다는 속담처럼 결과에 집착
하지 않는다"

- 법륜스님 -

시집이라는 결과물에 집착하지 않겠다